好品格故事系

親子賣碁日

「我要去，我要去！」樂樂嚷着說。

爸爸說：「好吧！媽媽明天約了朋友見面，你跟她一起反而妨礙她們談話。」

「謝謝爸爸！」樂樂跳起來說。

 樂樂想要去哪裏，你知道嗎？

3

第二天早上，嘉嘉背起錢袋，手上拿了要售賣的旗子，跟爸爸和樂樂一起出門。

到了預先指定的售旗位置，爸爸說：「嘉嘉，你可以開始賣旗了。」

嘉嘉的樣子看來怎樣？她不喜歡去賣旗嗎？

嘉嘉聽到爸爸的話，突然感到有點兒害怕，不知道該如何跟陌生人說話。

　　爸爸說：「你就好像平日跟朋友說話一樣，只是這次要說『早晨，請你買支旗做善事。』就可以了，去吧！勇敢些！」

嘉嘉看見一個老婆婆向這邊
走過來，就鼓起勇氣請老婆婆買旗，
老婆婆笑咪咪地把錢放進錢袋，
嘉嘉把旗子貼在老婆婆身上，說：
「謝謝你！」

 嘉嘉的表現如何，你給她多少分？

嘉嘉有了信心，開始主動向
更多路人賣旗，她的錢袋開始
脹起來了。

嘉嘉的樣子看來怎樣？她是不是開始有笑容
了？這表示她現在的心情如何？

樂樂問爸爸：「為什麼有那麼多人願意買這些貼紙？」

爸爸笑着説：「這些貼紙是代表一家慈善機構希望得到社會大眾捐一些錢，讓機構去幫助社會上有需要的人。」

樂樂説：「那我們現在也在幫助這些人。」

爸爸點點頭。

荳芽語 你還想出一些什麼辦法去幫助社會上有需要的人？

這時一個婆婆買完旗子後，
就問嘉嘉：「小朋友，你知道
怎樣去安康老人院？」

　　嘉嘉轉頭望着爸爸，爸爸
立即告訴婆婆怎樣前往。

樂樂嘟着嘴說：「賣旗怎麼會變成被人問路的？」

　　爸爸說：「沒關係，這也是在幫助人呀！」

如果在街上或公共場所被人問路，你會怎樣幫助他？

一個穿着運動服裝的女士跑步走過，嘉嘉遞上旗子，那女士停下來說：「對不起！我身上沒帶錢，我家就在樓上，一會兒拿下來給你。」

荳芽語 別人沒有買旗，嘉嘉有沒有表現不開心，為什麼？

「哼！她才不會真的替你買旗呢！」
家希不知什麼時候也提着錢袋走過來說，
「唉！又渴又累，這錢袋真重啊！」
　家希媽媽說：「家希，你看嘉嘉賣的
旗子比你多。她個子比你小，還沒說
累呢！」

嘉嘉的錢袋重不重呢？為什麼她沒有像家希
一樣抱怨？

樂樂遞給家希一盒果汁
說：「我請你喝果汁。」
他又轉頭對嘉嘉說：
「家姐，我替你拿一會兒
錢袋吧！我也想幫助人。」

 樂樂為什麼請家希喝果汁，果汁能趕走疲累嗎？

爸爸說：「好吧！樂樂拿錢袋，嘉嘉貼旗子。」

　　嘉嘉說：「不！錢袋很重，樂樂年紀小，讓他貼旗子吧！」

　　剛才穿運動服的女士這時換了衣服走過來，把錢塞進嘉嘉的錢袋，說：「你真乖！」

 穿運動服的女士為什麼稱讚嘉嘉？

這時賣旗活動差不多要結束了，爸爸帶嘉嘉和樂樂去交還錢袋和未賣完的旗子。義工阿姨說：「嘩！你的錢袋很重呢！我代表受惠人士謝謝你。」

嘉嘉開心地笑了。

爸爸帶嘉嘉和樂樂去吃午飯後才回家。

回到家裏，原來媽媽已回來了。她走上前擁着爸爸說：「謝謝你今天帶孩子，讓我和朋友們沒有牽掛地暢談，很開心呢！」

 媽媽為什麼會多謝爸爸？（重看 p.3 就會明白了）

樂樂撒嬌地說：「我和家姐今天賣旗都很累呢！」

　　媽媽摟著嘉嘉和樂樂說：「你們今天去幫助別人，爸爸幫助我，大家都很乖！」

 嘉嘉和樂樂幫助別人後感覺很開心，你有試過幫助別人嗎？你的感覺怎樣？

匯識教育幼兒叢書

好品格故事系列　1套6冊

好品格故事系列 1　　適合3至7歲兒童閱讀

❶ 上學啦

樂樂初次上學，感到既緊張又害怕。他能否克服恐懼，快樂地度過第一天的校園生活？

好品格故事系列 2　　適合3至7歲兒童閱讀

❷ 弟弟，不要哭

樂樂不小心弄丟了姐姐嘉嘉所做的風箏，令她十分生氣，兩人最後會否和好如初？

好品格故事系列 3　　適合3至7歲兒童閱讀

❸ 大家一起玩

很多小朋友一起陪樂樂過生日，不過，大家都只顧爭着玩玩具。究竟他們可不可以過一個開心的生日會呢？

好品格故事系列 4　　適合3至7歲兒童閱讀

❹ 媽媽生病了

嘉嘉和樂樂一覺醒來，知悉媽媽生病睡在牀上！那他們能否照顧自己，獨自克服困難呢？

好品格故事系列 5　　適合3至7歲兒童閱讀

❺ BB當醫生

樂樂和同學一起到老人院探訪老人，又得到貼紙作獎勵。然而，樂樂的同學子俊卻得不到貼紙，為什麼？

好品格故事系列 6　　適合3至7歲兒童閱讀

❻ 親子賣旗日

嘉嘉於街上努力賣旗時，巧遇也在賣旗的同學家希，但家希卻只對它當作是一件苦差事。究竟賣旗和買旗是不是都在幫助別人呢？

大家玩完拼字遊戲後，可將那些字卡放進這個小紙袋啊！

我們　在　遇到　困難　時　需要　得到　別人　的　幫助

放學時，媽媽把一隻漂亮的
蝴蝶風箏交到嘉嘉的手上，
一隻蜜蜂風箏交到樂樂的手上，說：
「這是我和爸爸昨晚給你們做的，
我在繩子上綁了一個結，你們套在手
腕上，就不怕它再飛走了！」

嘉嘉和樂樂開心地說：
「謝謝媽媽！」
　　樂樂突然指着蝴蝶風箏說：
「對了，這隻就對了，蝴蝶是
有眼睛的，我今天看得很清楚。」
　　嘉嘉拉起弟弟的右手
吻了一下。

 樂樂為什麼會知道蝴蝶是有眼睛的？（可參看 p.4、p.14)

匯識教育幼兒叢書

好品格故事系列 1套6冊

好品格故事系列 1　適合3至7歲兒童閱讀

❶ 上學啦

樂樂初次上學，感到既緊張又害怕。他能否克服恐懼，快樂地度過第一天的校園生活？

好品格故事系列 2　適合3至7歲兒童閱讀

❷ 弟弟，不要哭

樂樂不小心弄丟了姐姐嘉嘉所做的風箏，令她十分生氣，兩人最後會否和好如初？

好品格故事系列 3　適合3至7歲兒童閱讀

❸ 大家一起玩

很多小朋友一起陪樂樂過生日，不過，大家都只顧爭着玩玩具。究竟他們可不可以過一個開心的生日會呢？

好品格故事系列 4　適合3至7歲兒童閱讀

❹ 媽媽生病了

嘉嘉和樂樂一覺醒來，知悉媽媽生病睡在牀上！那他們能否照顧自己，獨自克服困難呢？

好品格故事系列 5　適合3至7歲兒童閱讀

❺ BB當醫生

樂樂和同學一起到老人院探訪老人，又得到貼紙作獎勵。然而，樂樂的同學子俊卻得不到貼紙，為什麼？

好品格故事系列 6　適合3至7歲兒童閱讀

❻ 親子賣旗日

嘉嘉於街上努力賣旗時，巧遇也在賣旗的同學家希，但家希卻只對它當作是一件苦差事。究竟賣旗和買旗是不是都在幫助別人呢？

大家玩完拼字遊戲後，
可將那些字卡放進這個
小紙袋啊！

蝴蝶 和 蜜蜂 在

公園 的 花叢

裏 飛來飛去 採花蜜